냥이의 반전

동시향기 12

냥이의 반전

1판 1쇄 인쇄|2024년 11월 19일
1판 1쇄 발행|2024년 11월 27일

지은이|장은경
그린이|어수현
펴낸이|이상배
펴낸곳|좋은꿈
디자인|김수연

등록|제396-2005-000060
주소|경기도 고양시 일산동구 장백로 26, 103동 508호
(백석동, 동문굿모닝힐 1차) (우)10449
전화|031-903-7684 팩스|031-813-7683
전자우편|leebook77@hanmail.net

ISBN 979-11-91984-58-3 73810

블로그•네이버|blog.naver.com/leebook77|인스타그램•leebook77

*좋은꿈-통권 107-2024-제9권

*이 책은 강원특별자치도, 강원문화재단 후원으로 발간되었습니다.

냥이의 반전

장은경 동시 | 어수현 그림

좋은꿈

책머리에

시를 사랑하는 마음으로

별을 사랑하는 아이가 있었습니다. 그 아이는 자라서 '시'를 사랑하는 어른이 되었습니다. 꽃과 나무를 사랑하고 날아가는 새를 동경하고 바람과 노을을, 푸른 하늘과 구름과 바다를 벗 삼아 노래하기를 좋아합니다.

오순택 시인은 "어린이들의 마음속에 있는 옹달샘에서 항상 맑은 물이 퐁퐁퐁 솟아났으면" 하고 노래했어요. 저도 언제나 생각 숲에서 맑은 생각들이 솔솔솔 불어 나왔으면 좋겠습니다. 특히 시를 쓸 때 더욱 간절해져요.

시는 나비처럼 날아와 안기기도 하고, 달팽이처럼 느릿느릿 다가오기도 해요. 바람처럼 나타났다가 꼬리를 감춰서 찾아 헤매다 다시 만나기도 해요.

박수근 화백은 그림에 선함과 진실함을 그려야 한다고 했고, 장욱진 화백은 그림에 자신을 고백하고 녹여서 담는다고 했어요.

시는 어떻게 써야 할까요? 다양한 감정들을 경험하고 표현하면서 정서를 조절하고 편안하고 안전하게 소통하는 일

이 중요한데, 이런 과정들이 시에서도 아주 중요해요.

놀랍지 않나요? 스쳐 지나가는 이미지나 감각, 생각 조각들을 불러와서 경험하고 관찰한 것들을 독창적인 시로 완성하는 과정이 말이에요. 어린이들이 지닌 아름다움과 자유와 상상력을 표현한 시를 쓰려고 해요.

이번에 엮은 첫 시집에는 꽃과 봄, 바다와 구름, 할머니와 동생을 소재로 했어요. 유년의 아련한 기억들이 연기처럼 사라지지 않도록 시에 담고 싶고, 어린이들의 모습과 내면에서 일어나는 감정들, 빛나는 감수성을 소박하고 생명력 있는 시로 표현하고 싶어요.

어린이 여러분, 사랑합니다. 여러분의 소중한 가치와 생명의 아름다움을 평화롭게 지켜 나가기를 기원합니다.

2024년 가을 뜨락에서

지은이 장 은 경

차 례

1부
이뻐서 살짝

2부

키 큰 비결이 뭐니

3부

꽃잎이 열려

4부
사막여우의 지혜가 필요해

1부
이뻐서 살짝

풍선

우야면 좋노

할머니

좋은 날

낮 별

꿀잠

텔레파시

꽃나무 아래에서

나뭇잎

이뻐서 살짝

비 내리는 밤

별 보러 가자

냥이의 반전

풍선

풍선을 불면
입안 가득
공기 부자가 되어요

내 볼같이
부푼 풍선을 보며

조금 더
조금만 더
터질까 봐
조마조마

해님 닮은 풍선을 만들어요
불고 또 불고
알록달록 예쁜
풍선 부자가 되어요

신나게 놀다가

높은 하늘로 날려요

하늘에 닿기를
소망해요
마음 부자가 되어요.

우야면 좋노

"할무니, 내 병아리 어딨어?"

"강냉이랑 바꿨다, 와?"

"으-앙."

"물어내, 내 병아리-."

주저앉아 고래고래 돌고래 소리 내는
엄마 병아리 내 동생

"사방 뛰댕기지 않아 좋구먼."

강냉이 자루 쥔 할미 손

'우야면 좋노?'

할머니

"오줌싸개 나왔다.
키를 쓰고 나왔다.
어이구 어이구, 부끄러워
어찌어찌 가나."

어릴 적
놀리던 할머니

"개나리 떼 뿅뿅뿅
봄나들이 갑니다."

들려주던 할머니

창문 밖
파란 하늘 보며

"봄나들이 갑니다…."

타령하는
이쁜 앵무새 되었다.

좋은 날

왠지 뭘 해도 잘될 것 같고
계속 좋은 일이 생길 것 같아

오-늘
그렇게 행복했으면

그럼, 오늘이
매일매일 기다려지겠지!

낮 별

해님이
강물을 만나니

반짝반짝

은별들이
춤을 추어요.

꿀잠

할머니 무릎 베고
옛날얘기 듣다
잠이 소르르

손에 든 쑥개떡이
도르르 굴러가도
모르는 꿀잠.

텔레파시

영수와 같이 가려고
학교 후문으로 나왔다

“와, 할머니?
이리로 나올 줄 어떻게 알았어?”

담벼락에 기대앉아
해바라기 하다
오뚝이처럼 일어나셨다

“그려, 오늘은 이짝으로 올 줄 알았지.”

부스럭부스럭
알사탕을 꺼내
입에 쏙 넣어 주신다

함박웃음 짓는
할머니의 야윈 손을 꼭 잡고
시계추처럼 흔들며
달디단 걸음을 재촉한다.

꽃나무 아래에서

꽃나무 아래
앉았어요

꽃구경하니
마음이
꽃물 들어요

꽃바람이
자꾸만
꽃나무를 흔드니

내 마음도
살랑살랑
봄꽃이 되려나 봐요.

나뭇잎

고개를 치켜들고
눈빛을 쏘아 내는

초록, 초록, 초록이들

햇빛 가루
뿌려져

금빛, 금빛, 금빛 되네

빛투성이
초록 왕.

이뻐서 살짝

할머니는 몰래 다가와
내 볼을 살짝 꼬집고
시침 뚝

"할머니?" 하면
"후훗." 웃으신다

나는
냥이 털을 빼쭉 잡아당기고는
얼음 땡

"야옹." 돌아보면
"헤헤." 웃는다.

비 내리는 밤

우르르 쾅쾅
번쩍번쩍 쩌르렁

잠든 세상을 깨우듯

천둥 괴물과 번개 괴물이
번갈아 가며

정신 못 차리게
냅다 지르는 바람에

주룩주룩 내리던 비는
한숨을 삼키며
주눅 들어
호도도도독 내린다.

별 보러 가자

잠 못 드는 여름밤
별 보러 가자

밤바람 시원한
깜깜한 벌판에

돗자리 깔고
누우면

달이
소풍 갔는지

별들이 가슴 위로
또로롱 또로롱 쏟아진다.

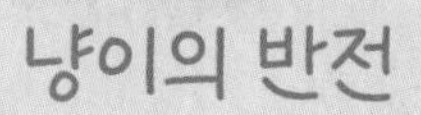

냥이의 반전

도도하기로 소문난
동네 인싸* 냥이

다가와
긴 꼬리를 문지르며

오도 가도 못하게
벌 세운다.

*인싸: '인사이더'라는 뜻으로, 각종 행사나 모임에 적극적으로 참여 하면서 사람들과 잘 어울려 지내는 사람을 이르는 말.

2부

키 큰 비결이 뭐니

보물

진짜가 나타났다

키 큰 비결이 뭐니

몸살

하늘과 바다는 닮았다

꽃잎 이슬

숨은그림찾기

모기

지평선

동작 그만

단풍의 비밀

가을 비행

빠져든다

보물

갓난아기 적
아빠가 사 주신 토끼 인형

맨날 비벼서
볼품없어진

하지만 내 눈에
꿀 떨어지는 보물 친구.

진짜가 나타났다

우리 집 똥강아지는 나다
아니, 나였다
동생이 태어나기 전까지는

그런데 진짜가 나타났다
이번엔 동생이 밀렸다

길에서 데려온 복덩이라고

우리 집 똥강아지는
막내 복길이 차지다

얼마나 귀여운지

복길이를 바라보는 내 눈빛이
할머니를 닮았다.

키 큰 비결이 뭐니

비 온 다음 날
풀잎들은 한 뼘씩
쑥쑥 자라 있다

손에 손잡고
다 같이 점프했나

말갛게 씻긴 얼굴로
초록 향기 뿌리며
서 있는 풀잎이 부러워
다가가 묻고 싶다

"키 큰 비결이 뭐니?"

몸살

노랗게 차려입은 은행잎들이
심술궂은 바람에
날아간다
새처럼

포올 포올 포올 포올
폴 폴 폴 폴 폴 폴 폴

고운 잎들 다 질까 봐
나무는 발만 동동 구른다.

하늘과 바다는 닮았다

하늘은 바다를 닮았다
바다는 하늘을 닮았다

파란 하늘이
바다를 푸르게 비추었나

푸른 바다가
하늘을 파랗게 물들였나

솜사탕 구름이 스르르
끝없이 흘러가고

생크림 거품 파도가 남실남실
쉼 없이 달려가는

파란 하늘과 푸른 바다는 닮았다.

꽃잎 이슬

해님이 아침을 여니
꽃잎마다 이슬이 방울져요

햇살이 이슬에 번지니
무지개 꽃등이 켜져요

잠자던 꽃망울들이
톡톡 봉오리를 터트리니

그제야 이슬은
눈부신 햇살을 따라가요.

숨은그림찾기

하늘을 봐요
솜뭉치가 풀려서 그림이 되었어요

저기 하트가 보여요
비둘기도 보이네요

달리던 토끼가 피곤해 잠들었어요
강아지는 반가운 듯 겅중 뛰어요

산봉우리들이 우뚝 솟았어요

시냇물이 강이 되고
하얀 바다가 되었어요

숨은그림찾기는 끝이 없어요

보아도 보아도
하늘은 신비한 그림책이에요.

모기

"왜애애애애앵."

쏜살같이 달려와
한 방 물고 빠지는
반칙왕.

지평선

하늘이
땅에
허리띠를 둘렀다.

동작 그만

얼굴을 맞댄
하늘과 바다는

새벽잠에 취한 채
속삭인다

"해야 달아, 동작 그만."

단풍의 비밀

단풍나무에 사뿐히 내려앉은
빨간 고추잠자리

초록 이파리들이
울긋불긋해지라고

단풍 단풍 단풍
주문을 외운다

은행나무를 맴도는
노랑나비

연두 이파리들이
노래지라고

노랑 노랑 노랑
날갯짓한다.

가을 비행

푸르른 하늘에
빠알간 그림자를 새긴
고추잠자리 떼.

빠져든다

그 아이

나를 좋아하는지
내 마음을 아는지

알 수 없는.

3부
꽃잎이 열려

스며든다

11월에 나무가 전하는 말

초승달

밤 별

꽃잎이 열려

봄이 오는 길

사랑싸움

안개 마을

거울

밤바다

버드나무야, 머리 좀

바다와 구름

언제부턴가, 넌

스며든다

겨울 한낮
햇살 한 줌의 따사로운

눈부신 기억이다

처음 마주한
그 아이의 눈빛은.

11월에 나무가 전하는 말

나뭇가지에 걸린 종들이
지나가는 사람들에게
소리 없이 외친다

가을이 깊어졌어요
곧 가을이 가요
가을과 이별할 준비 되었나요

겨울이 와도

봄
여름
가을, 가을, 가을, 가을, 가을, 가을, 가을, 가을,
가을, 가을
할 수 있게.

초승달

하느님이 베어 물다 남긴
사과 한 조각
서쪽 하늘에 걸렸다.

밤 별

노란 눈
초록 눈
푸른 눈

검은 고양이

백만 마리.

꽃잎이 열려

겨우내
단단해진 나뭇가지에

따스한 햇살이
시소를 타면

기다리던 꽃망울이
두더지처럼 튀어나오고

보슬비가 간지럽히면
꼼지락꼼지락 부풀어

화알짝 꽃잎이 열리네.

봄이 오는 길

실바람이 사뿐사뿐

물수제비뜨며

강물을 스치고 지나간 자리에

깃털처럼

봄이 살포시 내려온다.

사랑싸움

아웅다웅하는 할아버지와 할머니는
강아지와 고양이 사이다

괜히 훼방 놓고 장난치는 할아버지
본척만척 귀찮다고 톡톡 쏘아붙이는 할머니

할아버지는 할머니한테 못 당한다
더 사랑하는 사람이 지는 거다.

안개 마을

뿌연 안개가
온 마을을 감싸 안았어요

거대한 습자지에 스케치한
그림이 펼쳐져요

숲과 나무들이 안개를 따라 흐르고
뻗은 길과 달리는 차들이
보일락 말락 숨바꼭질해요

먼 산엔
고개를 묻은 페르시안 고양이가
웅크리고 있어요

해가 뜨자
몸을 푼 고양이는 눈부신 듯
산을 넘어 사라져요.

거울

거울은
따라쟁이

웃긴 표정을 지어도
무서운 흉내를 내어도
우스꽝스러운 몸짓도
욕하는 입놀림도
흘기는 시선도
따라 하는

거울은
비밀을 훔치는
마음 도둑

외로움을
숨길 수가 없다
거울 앞에선.

밤바다

달도 별도 잠든 깊은 밤
검푸른 바다는
잠꼬대를 한다
"촬촬촬촬 쓰으으 쏴아아."

버드나무야, 머리 좀

강변에 늘어선
마른 버드나무는
이제 막 일어났는지
부스스한 머리를
한껏 더 풀어 헤치고
"나 좀 봐!"
장난스레 흔든다

"아휴, 헝클어진 머리 좀 봐."
이쁘게 따 주고 싶다.

바다와 구름

바다가 심심하다고
멀리 있는 구름을 불렀어

구름은
덩치 큰 바다에게 지기 싫어
친구들을 불러 모았지

다가온 구름에게
"구름을 불렀는데 산이 왔네?"
바다가 빙긋이 웃자

"어허?"
내려다보던 구름도 멋쩍게 웃네.

언제부턴가, 넌

땅속
어둠 뚫고
파릇파릇
머리 내민

언제부턴가, 넌

쏙쏙
기지개를 켜고
하나씩
비밀을

세상에 풀어놓았지.

4부
사막여우의 지혜가 필요해

알쏭달쏭 꼬마 산타

선풍기

새는

새봄

벚꽃 풍경

해돋이

개미 수염

빗방울 세레나데

숲으로 가자

바다로 가자

눈 바다

사막여우의 지혜가 필요해

노을

도서관 가는 길

알쏭달쏭 꼬마 산타

엄마가
맛있는 거 사 오면

"다 내 거!"
고릴라 팔로 가져가지요.

돼지 입으로
한참 먹다가 배부르면

"이거, 이거."
다 나눠 주는 꼬마 산타.

선풍기

시원한
바람 마술사

버튼을 누르면
원하는 대로

몸이 뜨거워지는 줄 모르고
쉼 없이 날갯짓하는

엄마 닮은
바람 마술사.

새는

새는 다시 찾아온
봄이 너무 반가워서

나무 사이를 바삐 날아다니며
찌르르르 찌르르르
목청껏 노래해요

호르르 내려와
떨어진 꽃 순을 쪼아 먹다가

후르르 나무 꼭대기에 올라
상쾌한 바람을 맞아요

새는 저 혼자
봄을 다 가진 양

나무와 하나 되어
떠날 줄 몰라요.

새봄

여름
가을
겨울에는 없는

새
봄

첫봄
이른 봄
오는 봄
다시 봄 대신

새
봄

늦봄이 될 때까지

새애애애애애봄.

벚꽃 풍경

솔솔 부는 봄바람에
나붓나붓 꽃봉오리 열려요

포근한 봄볕이 닿으면
노근노근 가지마다 꽃 잔치예요

비바람이 꽃잎을 스치면
감실감실 연분홍 꽃비가 하늘을 수놓아요

하롱하롱 나부끼다 꽃길이 되어요
봄날은 꽃 천지예요.

해돋이

달이 지고 별들이 초롱한 하늘이
추워서 새파래지면

검은 띠를 두른 수평선 너머로
꿀잠 자는 구름을 깨우며

커다란 붉은 망토를 걸친 해가
쑤욱

콩알만 하더니
달고나만 해져서

바다 위에 번쩍번쩍
황금 다리를 놓고

넘실넘실
하늘로 날아오른다.

개미 수염

아빠는 턱에 개미를 키워요
까만 개미들이 다닥다닥 줄을 섰어요

근데,
개미가 움직이질 않아요
잡아당겨도 떨어지지 않아요

더 이상한 건
아침이면 점만 남기고
개미들이 사라져요

와, 아빠 턱이 맨드라미가 되었어요
보들보들 매끈매끈

개미들이 나타나기 전에
얼른 맨드라미를 만질래요.

빗방울 세레나데

먹구름 아저씨가
잔뜩 모아들인
빗방울들을 선사해요

수많은 빗방울들이 날아와요
퐁퐁 표르르르

커다란 감나무에 내려앉아
나뭇잎 미끄럼틀을 신나게 타요

퐁퐁 주르르르

대롱대롱 매달리고
철퍼덕 눕기도 하고
쑤루룽 줄기를 타고 내려가

큼큼, 흙냄새 맡으며
밑동 수영장에서 헤엄치다가
잠자러 땅속으로 들어가요

땅속
빗방울들은
어디로 갔을까요?

숲으로 가자

새들이 노래하는
숲으로 가자

세찬 물소리 따라
계곡을 오르면

나무 향기 가득한
숲이 보인다

그늘진 숲에 서서
산바람을 맞으면

내 마음도
고요한 숲이 된다.

바다로 가자

뜨거운 여름엔
바다로 가자

떠미는 파도에
몸을 맡기고

거센 물보라를 맞으며
끈적한 더위를 날리자

헤엄치는 물고기와 해초가 있는
신비한 바닷속을 누비며

바다가 준 시원한 선물을
여름에 새기자.

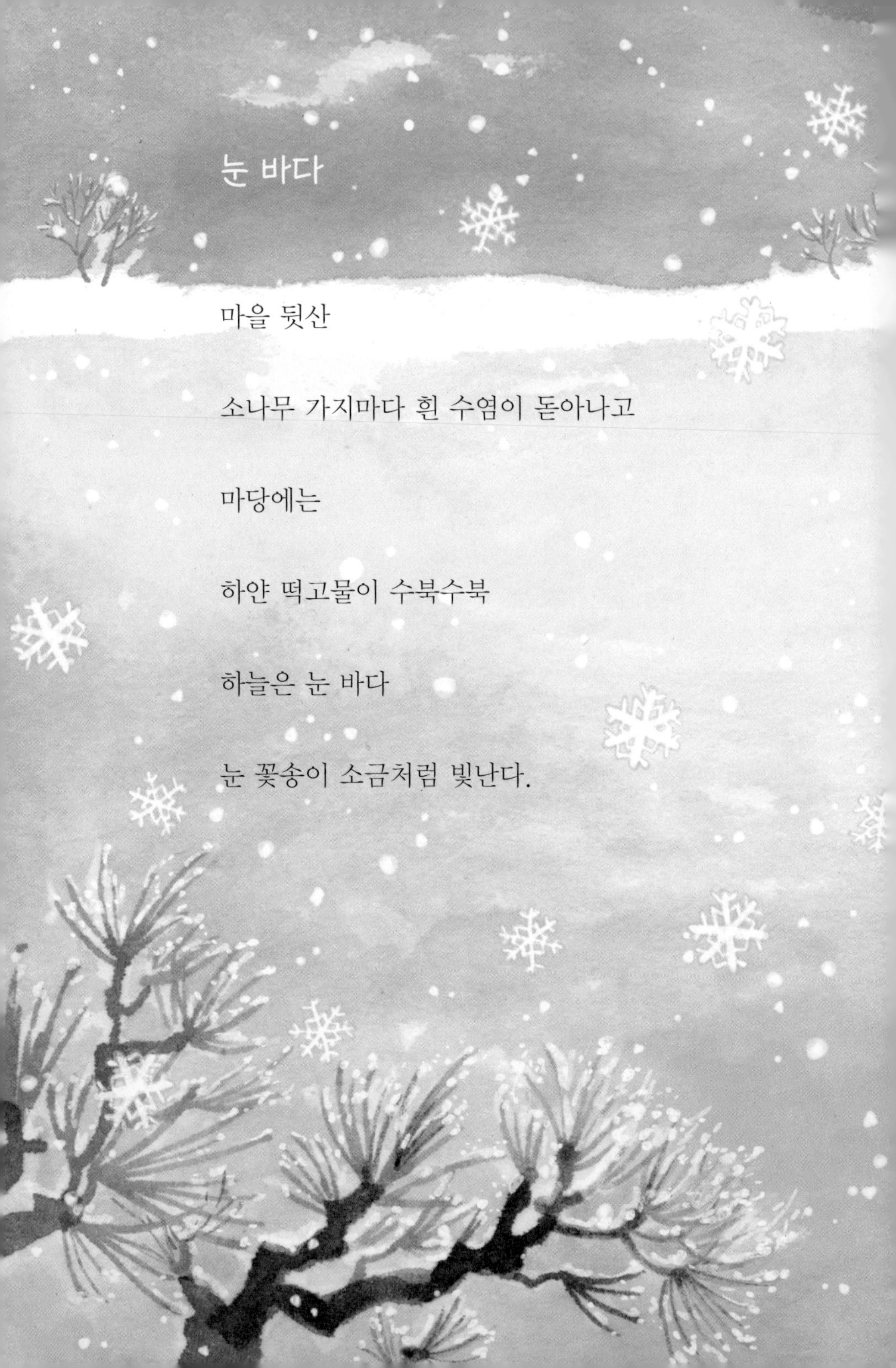

눈 바다

마을 뒷산

소나무 가지마다 흰 수염이 돋아나고

마당에는

하얀 떡고물이 수북수북

하늘은 눈 바다

눈 꽃송이 소금처럼 빛난다.

사막여우의 지혜가 필요해

'난 잘못한 게 없는데
시현이가 오해한 것 같아.'

속상한 마음이 번져
자꾸 작아지는 나

수학 공식처럼 명쾌한
정답지가 있으면 좋겠어

생각의 꼬리를 물고 또 물고

뇌 안의 사막여우를 불러와야겠어

어린 왕자처럼.

노을

해질녘
하늘이 온통
오렌지 장미꽃밭
지지 말았으면.

도서관 가는 길

엄마와 손잡고
도서관 가는 길

길가에 냥이도 마중 나오고
바위를 지나던 개미 떼들도 행진하며 반겨요

아카시아 꽃향기가 코를 간질이고
수국꽃들은 까르르 까르르

기차 구름이 칙칙폭폭
양털 구름도 아기 양을 만들고

세상 그림책에 몽땅
마음을 빼앗겨 버렸어요.

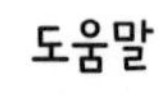

새로운 발견의 기쁨

-마음의 눈을 가꾸어요

심후섭(아동문학가)

1. 시는 우리에게 무엇을 주는가

시를 포함한 문학작품은 독자에게 즐거움과 교훈을 주어야 한다고 합니다. 이를 가리켜 쾌락적 기능과 교훈적 기능이라고 합니다.

즐거움을 주기 위해서는 무엇보다 재미가 있어야 합니다. 재미는 웃기는 것만이 전부가 아닙니다. 슬프더라도 그 다음은 어떻게 될까, 무엇 때문에 여기까지 오게 되었을까 하는 궁금증을 일으키는 것도 재미입니다. 또한 작품의 형식이 다루고 있는 소재에 가장 알맞을 때에도 재미를 느낍니다. 즉 독자는 작품의 겉모습이 잘 갖추어졌는지, 내용의 흐름은 적

절한 질서를 품고 있는지 생각합니다. 이러한 작품의 겉모습을 형식미라고 하고, 내용의 흐름을 내재율이라고 합니다. 그리하여 겉과 속이 잘 짜여서 자꾸만 읽고 싶어질 때에 비로소 재미있다고 하는 것입니다.

교훈도 마찬가지입니다. 작품에서 겉으로 이것이다 저것이다 하고 가르치려 하는 것이 아니고, 독자들이 읽으면서 재미를 느끼는 가운데에 저절로 고개를 끄덕이게 되어야 참된 교훈이라고 할 수 있습니다. 교훈에는 새로운 정보나 지식, 새로운 행동의 방향, 마음의 평화 등 여러 가지가 포함됩니다. 약국의 치료 약 가운데에 겉은 달콤한데 속은 매우 쓴 맛을 내는 알약이 있습니다. 이러한 약을 당의정(糖衣錠)이라고 합니다. 치료 작용을 하는 성분이 너무 써서 이를 설탕으로 덮어 단 것인 줄 알고 먹도록 하는 것입니다. 이 경우 겉 부분의 단맛은 재미를 나타내고, 속에 들어 있는 쓴맛의 치료 성분은 교훈이 됩니다.

그러므로 즐거움과 교훈은 따로 떨어져서 움직이는 것이 아니고 함께 작용합니다. 즉 재미 속에서 배울 점을 얻게 되고, 배울 점을 얻으며 재미도 느끼게 되는 것입니다.

2. 시집 '냥이의 반전'은 어떻게 다가오는가

가. 묘사를 통한 독자 배려

설명은 이러이러하다, 저러저러하다며 지은이의 생각을 독자들에게 강요하기 쉽습니다. 그래서 대상을 포착한 그대로 보여 주고 나머지는 독자들 판단에 맡기는 묘사를 강조합니다.

아래의 시 '꿀잠'은 세상모르고 꿀잠이 든 아기의 모습을 묘사합니다. 맛있는 쑥개떡도 떨어뜨린 채 한잠이 든 아가의 모습에서 독자들은 빙그레 미소 짓지 않을 수 없습니다. 독자들은 이 시를 읽으면서 저절로 마음의 평화를 얻을 수 있습니다.

시를 읽는 중요한 목적 중 하나는 마음의 안정과 기쁨을 얻기 위한 것입니다.

할머니 무릎 베고
옛날얘기 듣다
잠이 소르르

손에 든 쑥개떡이

도르르 굴러가도
모르는 꿀잠.

–'꿀잠' 전문

아래의 시 '이뻐서 살짝'도 묘사에 의한 대조법을 사용합니다. 앞부분은 '할머니와 나', 뒷부분은 '나와 고양이'의 관계에 대해서 아름다운 그림을 보여 주듯이 묘사합니다.

할머니는 몰래 다가와
내 볼을 살짝 꼬집고
시침 뚝

"할머니?" 하면
"후훗." 웃으신다

나는
냥이 털을 빼쭉 잡아당기고는
얼음 땡

"야옹." 돌아보면

"헤헤." 웃는다.

–'이뻐서 살짝' 전문

나. 압축에 의한 아름다움 찾기

'봄이 오는 길'은 봄을 맞이하는 시인의 모습을 매우 간결하게 묘사합니다. 봄은 여러 가지 모습으로 다가옵니다. 우리는 그 모습을 일일이 다 풀어 놓을 수가 없습니다. 그래서 가장 인상 깊은 장면을 집어내게 됩니다.

사진과 마찬가지입니다. 사진도 수많은 시공간 중 어느 한 순간, 어느 한 지점만을 화면에 가둡니다. 그러므로 가장 극적이어야 하고, 가장 핵심적이어야 합니다.

따라서 시도 장황하게 설명으로 풀어놓는 것이 아니라 가장 압축된 의미를 제시합니다.

'봄이 오는 길'은 봄을 맞이하는 지은이가 냇가에서 수제비 뜨는 것으로 시작합니다. 그럼에도 실바람이 수제비를 뜬다고 하여 자연 현상에 양보합니다. 자연과 일치되는 순간입니다.

'깃털처럼'이라는 표현을 통해 봄도 가볍게 오지만 지은이의 마음도 가볍다는 것을 보여 줍니다. 사람은 누구나 무겁게 짓눌리기보다는 가볍게 살아가야 한다는 심정을 내비치고 있습니다.

실바람이 사뿐사뿐
물수제비뜨며
강물을 스치고 지나간 자리에
깃털처럼
봄이 살포시 내려온다.

–'봄이 오는 길' 전문

아래의 시 '밤 별'도 매우 압축된 이미지를 보여 줍니다. 밤하늘의 수많은 별들을 모두 검은 고양이의 여러 눈으로 묘사합니다.

눈은 마음의 창이라고 했듯이 눈을 가진 모든 생명체의 마음을 의미합니다. 밤하늘의 수많은 별들은 곧 이 세상 만물들의 마음을 상징합니다. 수많은 눈이 하늘에 떠서 내려다보고 있다는 발상에서 비롯한 표현입니다.

이 시는 우리가 밤중이라 하더라도 함부로 행동해서는 아니 된다는 교훈을 품고 있습니다.

노란 눈

초록 눈

푸른 눈

검은 고양이

백만 마리.

—'밤 별' 전문

다. 구체적인 시어로 떠올리게 하기

한자어(漢字語)에서는 글자를 거듭 쓸수록 많고 짙다는 것을 나타냅니다. 예를 들면 나무 목(木)을 한 글자만 쓰면 나무의 성질만 나타내지만, 두 글자를 겹쳐 쓰면 많다는 뜻으로 수풀 림(林)이 되고, 세 글자를 겹쳐 쓰면 아주 많다는 뜻을 지닌 삼림 삼(森)이 됩니다.

시에서도 말을 어떻게 배치하느냐에 따라 수량이 많고 적음은 물론 시간의 흐름과 정도의 깊이 등을 나타냅니다.

'단풍의 비밀'에서는 단풍과 노랑을 거듭 풀어 놓음으로써 점차 단풍이 깊게 든다는 것과, 점점 노랗게 물든다는 것을 보여 줍니다. 즉 시간이 흘러감에 따라 짙음이 깊어진다는 것을 보여 주며, 독자로 하여금 소리 내어 읽어 보고 지은이의 깊은 의도를 알아채도록 유도합니다.

또한 이 시는 붉은 단풍과 붉은 고추잠자리, 노랑 은행잎과 노랑나비를 대비시켜서 색깔에 대한 이미지를 독자들 가슴에 선명하게 떠오르게 합니다.

추상적인 시어가 아니라 구체적인 시어로 나타내어 시인의 의도를 보다 선명하게 떠올리게 하는 것입니다.

단풍나무에 사뿐히 내려앉은
빨간 고추잠자리

초록 이파리들이
울긋불긋해지라고

단풍 단풍 단풍
주문을 외운다

은행나무를 맴도는
노랑나비

연두 이파리들이
노래지라고

노랑 노랑 노랑
날갯짓한다.

—'단풍의 비밀' 전문

'11월에 나무가 전하는 말'도 시어를 거듭 풀어 놓아 시간의 흐름과 더불어, 가을과 좀 더 오래 있고 싶어 하는 시인의 의도를 분명하게 나타냅니다. 그러나 '나뭇가지에 걸린 종들이'에서 '종'은 구체적인 명사이기는 하나, 무엇을 보고 '종'이라고 하는지 다소 추상적으로 제시되어 있습니다. 무얼 가리켜 '나뭇가지에 걸린 종'이라고 하였을까요? 시인의 머릿속에는 그려지겠지만 독자들은 고개를 갸웃거리게 됩니다.

나뭇가지에 걸린 종들이
지나가는 사람들에게
소리 없이 외친다

가을이 깊어졌어요

곧 가을이 가요
가을과 이별할 준비 되었나요

겨울이 와도

봄
여름
가을, 가을, 가을, 가을, 가을, 가을, 가을, 가을, 가을, 가을
할 수 있게.

–'11월에 나무가 전하는 말' 전문

라. 사랑의 눈으로 바라보기

이 세상 모든 것이 나를 길러 준다는 사상이 있습니다. 이른바 만물양아설(萬物養我說)입니다. 만물(萬物)은 이 세상 모든 것, 양아(養我)는 기를 양(養), 나 아(我), 설(說)은 주장, 말씀으로 풀이됩니다.

동양의 주자학에서는 가장 중요시하는 행동 덕목으로 공경 경(敬)을 내세웁니다. 이 세상 모든 것을 공경하라는 것입니다. 길가에 쉽게 채는 돌멩이 하나라도 함부로 대하지 말고 공경하라고 가르칩니다. 그 돌멩이는 나이가 수억 년이

되고, 부서지기 전 맨 처음 크기 또한 어마어마한데 어떻게 함부로 대할 수 있느냐는 것입니다.

이러한 가르침이 이 시집 곳곳에서 묻어납니다.

겨우내
단단해진 나뭇가지에

따스한 햇살이
시소를 타면

기다리던 꽃망울이
두더지처럼 튀어나오고

보슬비가 간지럽히면
꼼지락꼼지락 부풀어

화알짝 꽃잎이 열리네.

–'꽃잎이 열려' 전문

'꽃잎이 열려'는 추운 겨울을 견디면서 더욱 단단해진 나뭇가지들이 햇빛을 불러와, 마침내 따뜻한 봄을 만들어 내는 모습을 기쁜 얼굴로 그려 냅니다. 우리 또한 추위를 잘 이겨 내어야겠다는 교훈이 함께 느껴집니다.

'버드나무야, 머리 좀'도 버드나무의 헝클어진 머릿결을 고이 빗어 주고 싶은 지은이의 따스한 마음이 잘 나타나 있습니다. 온갖 사물을 사랑의 눈으로 바라볼 때 비로소 얻어지는 작품일 것입니다.

강변에 늘어선
마른 버드나무는
이제 막 일어났는지
부스스한 머리를
한껏 더 풀어 헤치고
"나 좀 봐."
장난스레 흔든다

"아휴, 헝클어진 머리 좀 봐."
이쁘게 따 주고 싶다.

–'버드나무야, 머리 좀' 전문

마. 새로운 눈으로 바라보기

우리는 둘레의 모든 사물의 관계에 대해 깊이 생각해야 새로운 창조를 할 수 있습니다. 고전인 사서삼경 중 〈대학(大學)〉에서는 이를 격물치지(格物致知)라 하여, 세상 모든 만물은 어떻게 구성되어 있고 어떻게 작용하는지를 깊이 따져야 한다고 가르칩니다.

옛 어른들은 가장 기초적인 교재 〈천자문(千字文)〉의 첫머리에 나오는 하늘 천(天), 땅 지(地)를 익히는 데, 한 글자에 각 10년씩 모두 20년이 걸려야 한다고 하였습니다. 하늘 천(天)만 하더라도 하늘은 왜 검다고 하는가, 왜 하늘에서 구름이 생기고 비가 내리는가, 하늘은 얼마나 넓은가, 하늘의 별은 어떻게 구성되었고 어디로 가는가 등을 모두 따지고 익히려면 마땅히 10년은 걸린다고 생각하였던 것입니다.

시인은 우리가 이처럼 생각해야 할 문제들의 실마리를 미리 찾아내어 보여 줍니다.

'바다와 구름'을 살펴보면 시를 쓰려면 둘레의 사물을 어떻게 생각하고 품어야 하는가를 짐작할 수 있습니다.

바다가 심심하다고
멀리 있는 구름을 불렀어

구름은
덩치 큰 바다에게 지기 싫어
친구들을 불러 모았지

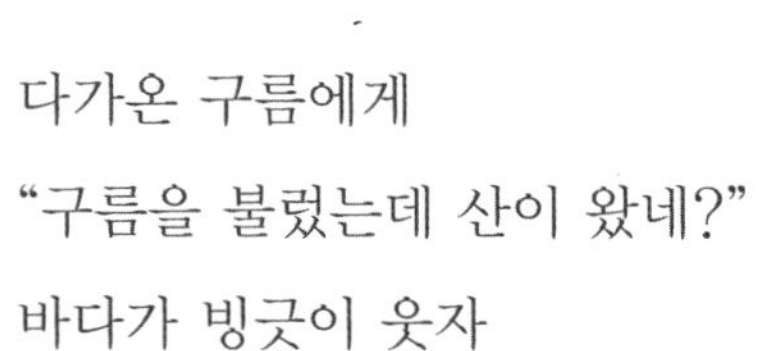

다가온 구름에게
"구름을 불렀는데 산이 왔네?"
바다가 빙긋이 웃자

"어허?"
내려다보던 구름도 멋쩍게 웃네.

—'바다와 구름' 전문

'바다와 구름'에는 과학적인 사실이 들어 있지만 모든 사물을 사람처럼 의인화해서 바라보는 심리학적 접근도 들어 있습니다.

아래의 시 '지평선'도 하늘과 땅을 의인화하면서, 동시에 보다 큰 시각을 가지게 합니다. 이 시는 하늘과 땅을 모두 내려다보지 않고서는 그려 낼 수 없습니다.

불교 설화에 "밤하늘에 구름이 흘러가는가, 달이 흘러가는가?" 하는 이야기가 있습니다. 구름이 흘러간다고 생각하면 구름이 흘러가지만 달이 흘러간다고 생각하면 달이 흘러간다는 것입니다. 그러나 나뭇가지 밑에서 쳐다보니 달은 나무에 걸려 있고 구름만 흘러가더라고 하였습니다. 그런데 새벽녘이 되어 쳐다보면 달은 나뭇가지를 벗어나 서쪽 산에 가서 걸려 있습니다. 이 이야기를 통해 우리는 기준과 관점에 대해 보다 깊이 생각하게 됩니다.

'지평선'은 우리가 서 있는 땅에서 바라보는 일반적인 지평선이 아니고, 하늘 저 높은 곳에서 내려다보아야만 보이는 넓은 시점의 지평선입니다.

하늘이
땅에
허리띠를 둘렀다.

–'지평선' 전문

3. 독자는 시를 어떻게 읽어야 하는가

우리는 시를 읽으면서 때로는 눈물을 흘리고, 때로는 무릎을 치기도 합니다. 새로운 것을 얻었을 때 무릎을 치고, 감동받았을 때 눈물을 흘립니다. 또한 마음의 평화를 얻어 조용히 미소를 짓기도 합니다.

1차적으로는 훌륭한 시집이 그 역할을 담당합니다. 그러나 독자가 어떻게 해석하느냐에 따라 감동은 새로이 만들어집니다. 우리는 시집 속 작품들을 찬찬히 맛보며 읽고, 그 가운데에서 유익한 가르침과 즐거움을 찾아내도록 애써야 할 것입니다.

동시 노트 1

–낭송하고 싶은 동시를 적어 보세요.

동시 노트 2

-낭송하고 싶은 동시를 적어 보세요.

동시 노트 3

-낭송하고 싶은 동시를 적어 보세요.